Fußerotik

II. Teil

Dieses Buch enthält Darstellungen von Sex, inklusive diverser Dinge, die nicht von allen Lesern als durchschnittlich angesehen werden.

Dieser Roman ist nicht für Leser unter 18. Jahren geeignet! Für alle anderen, viel Spaß!

Foto: shutterstock.com

Herstellung und Verlag:
BoD-Books on Demand, Norderstedt
ISBN: 978-3-7322-4793-6

Einleitung

Seit meinem letzten Erlebnis in Sachen Fußerotik, waren nun mittlerweile mehrere Monate vergangen. Ich suchte auch gar nicht mehr. Irgendwie war das Monster in meinem Kopf gestillt, und so wollte ich auch gar keine weiteren Abenteuer. Wenn sich etwas ergeben würde gerne, aber es musste nicht unbedingt sein. Füße waren geil, sie bestimmten aber nicht mehr meinen gesamten Tagesablauf. Vielmehr konzentrierte ich mich auf meine Ausbildung, die sehr gut lief. Gute Noten in der Berufsschule waren eigentlich an der Tagesordnung. Auch die eigentliche Arbeit machte sehr viel Spaß, und deshalb störte es mich auch nicht, wenn ich mal länger bleiben musste. An einem bestimmten Tag war es dann auch wieder soweit. Immer im Hochsommer herrschte in unserer Firma Hochkonjunktur. Alle Mitarbeiter liefen auf Hochtouren und schoben Überstunden ohne Ende, auch ich.

Mittlerweile war es fast 22.00 Uhr, die Luft war raus. Ich wollte einfach nur nach Hause und ins Bett gehen. Genau dieses teilte ich auch meiner

Kollegin mit, die noch über einem Berg Papier brütete.

„Ja klar, Tschau bis morgen!" Kam es noch mit einem lauten Gähnen aus ihr heraus.

Unser Büro lag genau an einer U-Bahn Station, die ich auch sofort ansteuerte. Gott sei Dank musste ich nicht lange warten, bis meine kam. Völlig erschöpft ließ ich mich auf den Sitz plumpsen und steckte die Kopfhörer ein. Zwanzig Minuten dauerte eine Fahrt und ich überlegte mir, schon mal ein kleines Nickerchen zu machen. Beine auf die gegenüberliegenden Sitze, Augen zu und nicht mehr an den Horrortag denken, waren meine Gedanken, als ich noch kurz nach rechts schaute. Ein älterer Mann schaute schnell weg, als er auf meinen Blick traf. Er sah seriös aus. Anzug, Krawatte, wirklich ein sehr gepflegtes Äußeres.

„Der wird mir nichts antun!" Dachte ich mir noch kurz, bevor ich die Augen schließ.

„Obwohl! Kein weiterer Mensch war in diesem Abteil, der mir eventuell helfen konnte." Waren ebenfalls meine Gedanken. Also doch kein kurzes

Verschnaufen, sondern lieber die trostlose Werbung anglotzen, was wiederum nicht so schlecht war. Eines konnte ich nämlich durchaus aus meinen Augenwinkeln erkennen. Immer wenn er sich unbeobachtet fühlte, schaute er zu mir herüber. Nur eines wunderte mich. Nicht auf mich selber schweiften seine Blicke, sondern eher auf meine Beine, die immer noch auf dem Sitz lagen. Ich hatte eine Zeitung darunter gelegt, um diesen nicht schmutzig zu machen. Also kein Grund, mich jetzt anzumachen. Er sah aber eher spießig aus, so richtete ich mich schon mal auf Stress ein. Seine Blicke häuften sich nun auch, was mich dann doch etwas störte.

„Stört Sie das? Soll ich sie vom Sitz nehmen?" Fragte ich doch ziemlich genervt. Wieder glotzte er zu mir rüber.

„Nein, alles OK. Machen Sie ruhig!"

„Das störte ihn nicht! Aber warum schaute er die ganze Zeit?" Dachte ich mir. Nach einem sehr langen Arbeitstag ist die Zündschnur ziemlich kurz, man sagt Sachen, die gar nicht so gemeint sind.

„Und warum glotzen Sie dann die ganze Zeit?"

„Mach ich doch gar nicht!"

„Seit ich eingestiegen bin, schauen Sie die ganze Zeit zu mir herüber. Das ist ziemlich unangenehm!"

„Entschuldigen Sie bitte, das war nicht so gemeint."

„OK! Schon in Ordnung!" Vielleicht war ich dann doch ein wenig gereizt und die ganze Angelegenheit war doch nicht so schlimm. Ein kurzer Blick aus dem fahrenden Zug und schon wieder gaffte der Affe.

„Stört Sie also doch!" Sprach ich und nahm meine Beine vom Sitz.

„Nein, wirklich nicht! Ich schau nur auf Ihre Schuhe. Die sind wirklich sehr schön!"

„Danke. Sind aber verdammt unbequem. Den ganzen Tag in diesen Latschen, da tun einem am Abend ganz schön die Füße weh." Lächelte ich ihn an.

„Dann ziehen Sie sie halt aus. Ich habe damit kein Problem, und außer uns ist niemand hier."

„Ne passt schon, Danke. Bin gleich zu Hause, dann kann ich mich entspannen."

„Mich stört das wirklich nicht. Im Gegenteil!"

„Wie meinen sie das?"

„So wie ich es gemeint habe." Sprach er und saß sich auf den Platz, schräg gegenüber von mir.

„Soll ich sie ein wenig massieren?"

Ein fremder Mann wollte, mitten in der Nacht, in einer U-Bahn meine Füße massieren?

„Danke, nicht nötig!" War meine freundliche Antwort.

Jetzt wurde mir die ganze Situation dann doch ein wenig brisant. Ich nahm meine Beine vom Sitz und wollte sie gerade übereinanderschlagen, da spürte ich seine Hand auf einem. Er wollte mich daran hindern. Ich sah ihn mit einem Blick an, der sagen sollte: „Finger weg, aber ganz schnell."

„Alles gut, alles gut. Kein Problem!" Sagte er mit einer entschuldigten Handbewegung. Sehr skeptisch sah ich ihn die nächsten Minuten an, und war in einer innerlichen Abwehrhaltung. Keinen Moment ließ ich ihn aus den Augen.

„Wo steigen Sie aus?" Fragte er mich und konnte durchaus meinen kritischen Blick erkennen.

„Was wollen Sie von mir?" Kam ziemlich aggressiv als Antwort.

„Darf ich ehrlich sein?"

„Ich bitte sogar darum!"

„Ja es stimmt. Ich schaue seit einer geraumen Zeit auf Ihre Schuhe. Aber nur aus einem Grund. Ich stehe darauf und würde diese so gerne anfassen."

„AHA??!!"

Ich hatte meine schwarzen High-Heels an, die ein wenig von der Jeans verdeckt wurden.

„Das ist ja alles gut und schön. Aber glauben Sie wirklich, dass ich einen wildfremden Mann jetzt meine Schuhe gebe, damit er diese anfassen kann?"

„Ja, das glaube ich!" Sprach er und reichte mir zugleich einen Hundert-Euro-Schein entgegen.

„Wie lange dauert es noch, bis Ihre Station kommt?" War sein Nachsatz.

„So acht Minuten."

„Den bekommen Sie, wenn ich bis dahin an Ihren Schuhen spielen darf!"

„Hundert Euro nur dafür, dass er daran fummelt?" Dachte ich mir und sagte zu.

„Aber nur Schuhe, sonst nichts!" Sprach ich und stellte beide Füße auf seinen Beinen ab.

„Ja klar!"

Zuerst griffen beide Hände an die Absätze und fuhren auf und ab. Das hatte bereits sein Wohlbefinden sichtlich gesteigert. Für die Kohle wollte er aber noch mehr. Nach einiger Zeit strichen beide Hände über die kompletten Schuhe und berührten dabei natürlich auch meine Füße.

Dies wiederum gefiel mir, was ich aber nicht zeigen wollte. Seine Finger glitten langsam, seitlich in meine High-Heels und streichelten meine Füße. Ich schloss meine Augen und fing an, es zu genießen. Immer tiefer wanderten nun seine Finger und massierten meine Fußsohlen.

„Darf ich sie von Deinen Füßen nehmen?" Fragte er mich, schon fast mit einem in der Hand.

„An sich schon. Aber die nächste Station ist meine. Ich muss raus." Antwortete ich ein bisschen traurig. Mir gefiel seine Massage.

„Schade! Magst ein wenig weiterfahren?"

„Nein, echt nicht. Obwohl es wirklich schön ist. Aber ich will nach Hause und schlafen gehen." Sprach ich, und nahm meine Füße wieder an mich. Er versuchte auch gar nicht mich umzustimmen, ebenfalls wurde er nicht sauer. So war es ausgemacht und das akzeptierte er auch.

„Wenn Du mal wieder Lust auf eine Massage hast, oder dir ein wenig etwas dazuverdienen möchtest, dann melde dich mal." Sprach er und überreichte mir seine Visitenkarte.

„Da war sie wieder, die Lust auf Füße!" Dachte ich mir beim Einschlafen. Ein weiterer Gedanke war das Geld. Als Azubi war dieses immer knapp. Teure Klamotten oder mal ein Urlaub war nicht drinnen. So einen Stundensatz könnte ich durch meine normale Arbeit nie erreichen. Meine Gedanken kreisten die nächsten Tage nur um dieses Thema. „Füße verwöhnt zu bekommen und dazu noch Kohle verdienen, war jetzt wirklich nicht schlecht." Ich griff zu meinem Handy und schrieb meiner nächtlichen Bekanntschaft eine SMS.

Kapitel 1: Der Anwalt

„Hallo. Würde gerne auf Dein Angebot zurückkommen. Meine Füße sehnen sich nach einer Massage!" So verließ eine Kurznachricht mein Telefon. Keine drei Minuten später die Antwort:

„Das freut mich aber. Wo und wann hast Du Zeit?"

Die letzte Location fand ich schon recht geil. Ein menschenleeres Zugabteil, mitten in der Nacht. Dazu noch die Gefahr, entdeckt zu werden. Da kribbelte es schon, bei diesem Gedanken. Genau so schrieb ich es auch.

„An sich keine schlechte Idee. Weiß bloß nicht ob man da auch alles andere machen kann!" War die Antwort.

„Warum, was willst Du denn noch alles machen? Eines sage ich aber gleich. Ich habe einen Freund!" Das war zwar gelogen, aber diese Ausrede zog immer, wenn ich keine Lust auf mehr hatte.

„Keine Angst, nicht das was Du denkst. Ich würde nur gerne Deine Füße küssen. Mehr nicht!"

Als ich dies las, zuckte es durch meinen ganzen Körper. Ja, sie war wieder da, die Lust auf Fußerotik.

„Meine Füße küssen? Ich weiß nicht so recht." Schrieb ich, um das Taschengeld ein wenig nach oben zu treiben.

„Das würde ich allerdings schon ganz gern machen. Was hältst Du von einem Unkostenbeitrag von zweihundert Euro?"

„Bingo! Wusste ich es doch!"

„Ok, wenn Du das unbedingt willst!"

„Darf ich Dir noch einige Wünsche mitteilen?" Schrieb er in einer weiteren SMS.

„Ja klar. Was soll ich machen?"

„Trage bitte dieselben Schuhe wie beim Letzten Mal und zieh dir bitte diesmal eine Nylonstrumpfhose an. Und noch was. Hast Du lackierte Nägel?

„Nein, im Moment nicht. Magst Du welche?"

„Wenn es keine Umstände macht, ja bitte!"

„Welche Farbe?"

„Schwarz wäre geil!"

Gut, das Grundlegende war geklärt und musste nur noch besorgt werden. Weder hatte ich eine Nylonstrumpfhose, noch einen schwarzen Nagellack.

„Wow, schaust super heiß aus. Der Typ aus dem Swinger-Club hätte seine wahre Freude gehabt." Kommentierte meine Lieblingskollegin das Outfit.

„Und bei denen wäre er fast gestorben!" Antwortete ich und reckte meinen Fuß in die Höhe.

„Schwarzer Nagellack? Gehst heute noch zu einer Beerdigung?" Kam es trocken von ihrer Seite.

„Natürlich nicht!" Was ich tatsächlich vorhatte, wollte ich aber auch nicht erzählen. Die Stunden bis Feierabend zogen sich, und nicht nur das. Das Treffen war für 22.00 Uhr ausgemacht und so musste ich noch extra Zeit totschlagen. Gerade an diesem Tag war mal nichts los und so langweilte ich mich zu Tode. Kurz vor fünf Uhr verabschiedete sich meine Kollegin und ich überlegte mir, was ich bis dahin machen sollte. Mir fiel nichts ein und wollte eigentlich, dass es losginge.

„Hättest Du jetzt schon Zeit?" Tippte ich in mein Handy und schickte diese SMS an meinen Bekannten.

„Bin noch bei einem Kunden. In einer Stunde würde es gehen." Kam nach kurzer Zeit zurück.

„OK. Aber wo? In der S-Bahn geht´s ja wohl nicht :-)"

„Kennst Du den Italiener, neben dem Kino?"

„Ja, klar!"

„Dort in einer Stunde. Freue mich!"

„In einem Restaurant? Er wollte mir die Füße küssen. Wie sollte das denn dort gehen?" Überlegte ich mir und räumte meinen Schreibtisch schon mal ein wenig auf. Kurz noch auf der Toilette die Haare gerichtet, ein wenig Parfüm versprüht und schon ging es in Richtung dieses

Lokals. Vor der Tür wartete er auch schon und sah mit einem komischen Blick auf meine Schuhe.

„Alles gut? Die wolltest Du doch, oder nicht?"

„Alles bestens. Habe nur auf die Nylons geschaut!"

War das jetzt gut, oder eher nicht. Ich ließ mich überraschen. Der, von ihm vorbestellte Tisch, war etwas abseits von den Anderen. Wir saßen uns, und kamen auch recht schnell in das Gespräch. Ich erzählte ihm von meiner Einkaufstour, in der ich den Nagellack und die Strumpfhosen besorgte. Er wurde immer nervöser.

„Was ist denn los?" Fragte ich nach einer kurzen Zeit.

„Muss die ganze Zeit daran denken, wie deine Füße darin ausschauen, und dazu der schwarze Lack!"

Immer wieder kam ein Kellner, der uns etwas brachte. Aus diesem Grund konnte ich ihm nicht das zeigen, was er eigentlich wollte.

„Würde sie dir ja gerne präsentieren. Aber hier geht das jetzt echt schlecht. Oder soll ich sie auf den Tisch legen?" Fragte ich mit einem Schmunzeln.

„Das nicht, aber vielleicht unter dem Tisch!"

„Gut, das ginge natürlich", überlegte ich mir und legte beide Beine auf seinen Oberschenkeln ab. Es dauerte auch nicht lange, da spürte ich bereits seine Hände. Zuerst wurden meine Waden gestreichelt, beide mit derselben Intensität. Das war bereits sehr angenehm und ich freute mich auf mehr. Immer fester wurden sie berührt.

„Magst du das, oder soll ich es lieber nicht machen?" Fragte ich, als ich gerade dabei war, ihm ein wenig zwischen die Beine zu gehen. Meine Schuhe hatten eine ziemliche Spitze und so konnte ich ihm durchaus etwas wehtun.

„Das ist sehr angenehm, aber gleich wird es noch viel besser!" Er zog mir den Schuh aus und führte ihn zu seinem Glied. Eine dünne Stoffhose trug er, und so konnte ich alles genau spüren. Eine deutliche Reaktion war zu vermelden. Einmal streichelte er sich selber damit, einmal machte ich dies ganz alleine. Immer dann, wenn seine Hände an meinem zweiten Schuh waren. Auch dieser wurde recht schnell ausgezogen, und meine Füße durch die Nylons gestreichelt. Ein Fuß an seinem Schwanz, einer in seinen Händen. Ihm gefiel es, und mir auch!

„WOW, ist das geil!" Hauchte er mir, mit verdrehten Augen entgegen.

„Ja, das finde ich auch!"

„Will an deinen Füßen lutschen!"

„Würde ich auch sehr begrüßen. Aber hier und jetzt?"

Das Essen hatten wir zwar schon auf dem Tisch, trotzdem bestand immer die Gefahr, dass der Kellner wieder kam.

„Warte, ich komme gleich wieder. Schön hier bleiben!" Sprach er, stand auf und kam erst nach drei Minuten wieder.

„Komm mit. Die haben einen anderen Tisch für uns." Sprach er und nahm mich an die Hand. Der neue Platz war abgetrennt von einem kleinen

Vorhang, kein anderer Gast konnte uns
beobachten.

„Wo waren wir stehengeblieben?" Grinste er mich
an und führte meine beiden Füße zu seinem Glied.

„Genau da!" Lächelte ich zurück.

Während er genüsslich seine Pizza aß, verwöhnte
ich ihn durch seine Anzughose.

„Und was magst du als Nachtisch?" Fragte ich ihn,
als der letzte Rest gegessen wurde. Der Druck
meiner Zehen wurde stärker.

„Schatz, ich weiß es war anders ausgemacht. Aber
jetzt und hier, an deinen Füßen zu lecken, geht
echt schlecht!"

Das sah ich natürlich ein und fragte deshalb nach
einer Alternative.

„Und was willst jetzt machen?" Ich wusste
natürlich was er wollte und spielte ein wenig mit
ihm.

„Genau das, was dein Grinsen mir sagen soll!"
Lächelte er zurück.

„Mit oder ohne Strumpfhose?!"

„Wenn du mich so fragst. Einer mit und einer ohne!"

Das war nicht das Problem. Vielmehr beschäftigte mich das eigentliche Thema. Bis jetzt hatte ich erst einmal einen „Food-Job", halbherzig erfüllt. Was ich ihm auch erzählte.

„Macht doch nichts. Wenn es nicht klappt, übernehme ich den Rest. Könnte nur sein, dass ich dir dabei deine Strumpfhose versaue."

Das wiederum war mir egal. Da ich eine Jeans anhatte und keine Lust verspürte, diese mitten im Lokal auszuziehen, war ein Aufschneiden sowieso geplant, was ich ihm auch mitteilte. Ohne große Worte ließ er sich ein scharfes Messer bringen und fummelte unverzüglich an meiner Strumpfhose.

„Schön vorsichtig sein!" Sprach ich, als ich ihm dabei zuschaute.

„Keine Angst, die werden noch gebraucht." Kam die Antwort, als er meinen rechten Fuß freilegte.

Jetzt konnte er ihn endlich sehen und war so was von begeistert.

„Oh Mann, ich spritz gleich ab!"

Das wollte ich natürlich sofort kontrollieren und führte meinen nackten Fuß zu seiner Eichel. Etwas nass war er schon, aber von einem endgültigen Abspritzen doch noch weit entfernt.

„Naja, da muss noch einiges passieren!" Sprach ich und versuchte seinen Schwanz zwischen meine Zehen zu führen. Es gelang, und ich war so etwas von überrascht.

„Ist das schön?"

„Der Wahnsinn!"

Der andere Fuß wanderte ebenfalls zu seinem besten Stück und streichelte seine Eier.

„Und das?"

„Auch sehr geil!"

Während ich ihn wichste, spielten seine Finger an meinen Zehen und drückte sie dabei noch fester zu sich heran. Sein Kopf fiel in den Nacken, er genoss dieses Spiel. Seine, und meine Bewegungen wurden immer fester. Er war kurz vor dem Kommen und machte dies, was vor ein paar Minuten noch undenkbar gewesen wäre. Er nahm meinen linken Fuß und begann an meinen Zehen zu lutschen. Während er dies tat, machte er es sich selber.

„Ich halte es nicht mehr aus!" Hauchte er, richtete sich meine Füße so hin, wie er sie brauchte und spritzte nach kurzer Zeit auf sie. Eine große Menge Sperma glitt an ihnen herunter und versaute nicht nur meine Nylons, sondern auch den Stuhl.

„Da wird der Chef aber nicht sonderlich begeistert sein!" Sprach ich, als wir beide zusammen den Fleck betrachteten.

„Das ist mir so was von egal!" Antwortete er und überreichte mir mein Taschengeld. Er war befriedigt, ich nicht. Was in Anbetracht der Kohle aber auch nicht so schlimm war.

Kapitel 2: Der Schuhfeti

Das war doch mal eine Sache. Ich hatte meinen alten Fetisch wiederbelebt und verdiente dabei noch Geld. Besser konnte es nicht laufen. Die Kohle investierte ich gleich in neue Schuhe.

„Eigentlich bist du doch blöd!" Dachte ich mir selber an der Kasse. „Warum gebe ich mein sauerverdientes Geld jetzt aus und lasse mich nicht wieder sponsern? Es gibt doch bestimmt Männer, die würden mir diese zahlen!" Aber wo sollte ich welche kennenlernen? Gut, eines wusste ich, mein Chef sah mir immer auf die Schuhe, wenn ich Neue anhatte. Bei ganz bestimmten konnte er sich auch einige Kommentare nicht ganz verkneifen. Eines fiel mir auf. Nur dann wenn wir alleine waren, sagte er etwas, war jemand anderes im Raum, kam nichts. Genau dieses wollte ich testen. An einem Tag zog ich mir meine neuen Ballerinas an und wartete bis die Konferenz in seinem Büro zu Ende war.

„Hat jemand für mich angerufen?" Schallte es durch die Gegensprechanlage.

„Nein Boss! Alles ruhig!" Antwortete ich freundlich.

„Sehr gut. Könnten Sie mir bitte noch einen Kaffee bringen?" Kam es kurze Zeit wieder.

„OK, bin mal gespannt ob er jetzt was sagt. Wir sind alleine und ich habe neue Schuhe an. Könnte natürlich auch sein, dass ich mich nur irren würde!" Dachte ich mir beim Öffnen seiner Bürotür.

„Hier bitte. Mit Milch und Zucker!"

„Danke!"

Ich stand vor seinem Schreibtisch und wartete auf eine Reaktion. Sie kam aber nicht. „Doch getäuscht, vielleicht aber auch besser so!" Schoss es mir durch den Kopf, drehte mich um und wollte das Zimmer wieder verlassen.

„Neue Schuhe?" Hörte ich knapp hinter mir.

„Also doch nicht getäuscht!" Dachte ich.

„Ja, gestern gekauft!"

„Sehen gut an Ihnen aus!"

„Danke sehr!"

„Lassen Sie mich raten, Schuhgröße 38!"

„Nicht ganz Boss, 37!"

Er sah sie genauer an und konnte dem nur zustimmen.

„Klar 37. Wie konnte ich mich nur so täuschen. Wildleder?"

„Ja schon!"

„Kosten so um die 120 Euro, oder?"

„Waren heruntergesetzt auf Neunzig!"

„Darf ich mal nachschauen, ob der Preis auch gerechtfertigt ist?"

„Ja klar, bin um jede weitere Meinung froh!"

Mir war es scheißegal, ob ich für diese Treter zu viel bezahlt hatte, konnte es eh nicht mehr ändern. Das Gespräch lief aber genau in die Richtung, wie ich es auch haben wollte. Ich trat wieder vor seinen Schreibtisch, zog einen Schuh von meinen Füßen, und übergab ihn meinem Chef. Ganz genau wurde er betrachtet. Seine Finger glitten über das Leder, berührten die Innenseiten und Sohlen. Erst als er daran schnüffelte, war ich mir ganz sicher: Nein, ich hatte mich nicht geirrt. Er war ein astreiner Schuhfeti und genau das musste ich ausnutzen.

„Und, sind die Schuhe in Ordnung?" Fragte ich, als er ihn kurz von seinem Gesicht nahm.

„Alles OK. Habe nur gerochen, ob es sich auch um echtes Wildleder handelt."

Ich sah ihn mit einem Blick an, der sagen sollte: „Erzähl mir keinen Scheiß!"

„Ja wirklich, oder glauben Sie mir nicht?"

„Weiß nicht. Wäre aber nicht so schlimm, wenn es anders wäre!"

„Wie meinen Sie das?"

Gut, wie meinte ich das? Ich musste ihn jetzt davon überzeugen, dass sein vermeintlicher

Fetisch etwas ganz normales ist, und er sich dafür nicht schämen müsste.

„Hatte mal einen Freund, der fand es auch immer schön, wenn er an meinen Schuhen riechen konnte."

„Gott, was sage ich. Ich rede gerade mit meinem Chef. Entweder ich riskiere gerade meinen Job oder ich bin ganz nahe an einer Gehaltserhöhung", dachte ich mir und legte noch einen drauf.

„Na, viele konnte ich danach immer wegschmeißen!" Jetzt hatte ich seine absolute Aufmerksamkeit. Der Telefonhörer wurde zur Seite gelegt und die Türe geschlossen.

„Wie meinen Sie das?" Fragte er mich, als er sich wieder auf seinen Stuhl fallen ließ.

„Naja, wie soll ich sagen. Ist mir jetzt etwas peinlich, schließlich sind Sie mein Boss."

„Nur raus mit der Sprache!"

„Es hat ihn halt schon sehr erregt, wenn er daran roch, und dann, naja Sie wissen schon!"

„Dann hat er auf Ihre Schuhe onaniert?"

„Genau!"

Er war so was von überrascht, dass es außer ihm noch jemand gab, der so einen Fetisch hatte.

„Und fanden Sie das unangenehm, oder sogar krank!"

„Nein gar nicht. Jeder hat doch seine Vorlieben!"

Er fing das Überlegen an. Sollte er mich fragen, sollte er mich nicht fragen? Ich konnte seine Gedanken durchaus lesen, als er aus dem Fenster schaute.

„Brauchen Sie noch etwas. Ansonsten würde ich gerne wieder an meinen Schreibtisch?" Fragte ich ihn.

„Nein alles gut. Danke!"

Ich ging zur Tür, öffnete diese und wollte eigentlich gerade das Zimmer wieder verlassen, da hörte ich ihn doch noch sagen:

„Augenblick bitte noch. Schließen Sie die Tür wieder!"

Ich tat es und wartete auf seine Worte.

„Hört sich jetzt etwas komisch an, ich weiß. Aber hätten Sie etwas dagegen, wenn ich das mal bei Ihnen mache?"

„Bingo! Das ganze Schauspiel hatte seine Wirkung nicht verfehlt. Nur jetzt keine Fehler machen und weiter das brave, arglose Mädchen spielen", war meine Taktik.

„Was meinen Sie genau?"

„Das, von dem Sie gerade erzählt haben!"

„Das mit meinem Freund?" Stellte ich mich weiterhin doof.

„Genau!"

Sprachlos, wie ich es schon öfters geübt hatte, sah ich ihn an. Auch ihm war das äußerst peinlich, das konnte ich an seinen Augen sehen. Bevor er jetzt abspringen würde, musste ich ihm ein wenig Spielraum geben.

„Sie auf meine Schuhe?"

„Ich weiß ich bin ihr Chef, aber ja, das würde ich gerne machen!"

„Weiß nicht so recht. Aber warum nicht!"

„Wirklich?"

„Ja schon. Unter zwei Bedingungen. Erstens muss das unbedingt unter uns bleiben und Zweitens meine Schuhe waren teuer. Wenn Sie verstehen was ich meine?"

„Das ist überhaupt kein Problem!"

Jetzt hatte ich ihn da, wo ich ihn auch haben wollte, und ging in die Vollen.

„OK Chef. Dann mal Klartext. Wir gehen in ein extrem teures Schuhgeschäft, Sie kaufen mir welche, ich führ sie Ihnen vor und dann können sie drauf machen." Ist das Ok für Sie?"

Mit diesem Vorschlag rannte ich offene Türen ein.

„Heute keine weiteren Anrufe mehr. Muss zu einem Kunden, unser Azubi begleitet mich heute!"

Rief mein Chef seiner Sekretärin zu und hielt mir die Tür auf.

„Warum gleich so schnell. Können doch auch bis morgen, oder übermorgen warten." Fragte ich ihn auf dem Weg in das Geschäft.

„Ich habe endlich eine Frau gefunden, die damit kein Problem hat. Da warte ich doch nicht, sondern schlage sofort zu. Ok, das konnte ich ja irgendwie verstehen, blieb aber noch die Frage wo er auf meine neuen Schuhe onanieren wollte.

„Im Büro natürlich. Nach fünf ist da niemand mehr und wir können uns ungestört auslassen!" Kam es recht fröhlich aus seinem Mund.

Das Schuhgeschäft war schon sehr exklusiv. Nie hätte ich es alleine betreten. Ein Paar kostete so viel wie ich im Monat verdiente. Zielstrebig ging er zu dem Regal, in dem High-Heels und Stiefel standen. Viel musste ich nicht machen. Ich saß auf einem Stuhl und wartete bis er mit Schuhen kam. Den Verkäufer scheuchte er weg und erklärte ihm, dass er alles machen würde. Barfuß streckte ich ihm mein Bein entgegen und sah zu, wie er vorsichtig mir die Schuhe anzog. Das Spielchen wiederholte sich mehrmals. Mittlerweile waren wir schon über drei Stunden in diesem Geschäft. Die Berge von Kartons wurden immer unübersichtlicher und ich drängte vorsichtig auf ein Ende.

„Gut, Sie haben Recht. Das Beste kommt ja erst!" Sprach er und nahm alle Schuhe mit, die ihm gefielen. An der Kasse haute es mich fast um. Selbst wenn ich die später nur für die Hälfte verkaufen könnte, war immer noch ein schöner Urlaub drinnen.

„Na, dann gib mir mal eine ordentliche Show!" Sprach er, gemütlich sitzend auf der Besuchercouch in seinem Büro. Ich verließ das Zimmer und zog mir zuerst die Schuhe an, an denen er schon im Geschäft roch. Rote Sandalen, die eigentlich meinen Geschmack überhaupt nicht trafen. Ein wenig krempelte ich die Hosenbeine noch nach oben und schritt in das Zimmer. Wie ein Model, ging ich auf und ab, blieb stehen und reckte mein Bein in die Luft. Eigentlich war es nur ausgemacht, dass er später auf meine Schuhe spritzen durfte. Trotzdem wollte ich ihn noch ein wenig wilder machen. Ich stand vor ihm, drückte mit meinen Schuhen seine Beine auseinander und streichelte ein wenig gegen sein Glied. Das gefiel ihm! Er umfasste meine Füße, ich drückte gegen sein Glied.

„Warte, komme gleich wieder!" Sprach ich, als er gerade dabei war mir die Schuhe auszuziehen. Schnell verschwand ich wieder aus dem Zimmer und zog mir die schwarzen Stiefel an. Auch mit diesen war es das gleiche Prozedere, nur das ich auch noch sein Gesicht streichelte, und er daran lecken durfte. Nach kurzer Zeit waren die Schuhe voll von seinem Speichel.

„Auf welche Schuhe möchtest Du spritzen?" Fragte ich, als er gerade mal nicht an einem meiner Schuhe leckte.

„Auf die schwarzen Ballerinas!"

Ich überlegte kurz und konnte mich an keine erinnern.

„Wir haben gar keine solchen gekauft!" Kam es nach kurzem Überlegen.

„Die Du heute angehabt hast!"

„Ok, kein Problem."

Ich zog meine eigenen Schuhe wieder an, stellte mich vor ihn, und wünschte viel Spaß. Blitzartig zog er einen wieder aus, führte ihn zu seinem Mund, und roch daran.

„Das riecht so wahnsinnig geil!" Frohlockte er und streichelte sich dabei ein wenig selber. Der Mann, der gerade an meinem Schuh roch, war mein Chef und immer noch eine Respektperson. Trotzdem musste ich ihn etwas für sein Geld bieten.

„Na dann zeig mal was du alles so zu bieten hast!" Sprach ich deshalb und forderte ihn auf, seine Hose zu öffnen. Mit einem Schuh in der Hand fummelte er an der Hose, und holte seinen Schwanz heraus. Nicht schlecht sah er aus. Schon bereit, um alles zu geben, wurde er von seiner Hand bearbeitet. Ich sah ihm dabei zu und wollte etwas behilflich sein.

„Mach mal den Mund auf!" Forderte ich.

„So?"

„Noch weiter!"

Weit aufgerissen, wie beim Zahnarzt, wartete er auf das, was ich mit ihm vorhatte. Leicht abgestützt an der Couch führte ich einen Fuß zu seinem Mund und steckte ihn rein.

„Komm, lutsch daran!"

Leider konnte er das alles nicht lange genießen, denn nur kurze Zeit später entlud er sich. Ein lauter Aufschrei ging durch das Büro. Noch mit meinem Fuß in seinem Mund, sah ich mir das Ergebnis an.

„Nicht schlecht, Boss. Nicht schlecht!"

„So habe ich lange nicht mehr abgespritzt!" Berichtete er mir beim Wiederanziehen. Die Schuhe konnte ich wegschmeißen, hatte aber im Gegenzug mehrere andere bekommen.

Kapitel 3: Trampling

Ich hatte echt schiss vor der ersten Begegnung mit meinem Chef, nach diesem Erlebnis. Was könnte alles passieren? Vielleicht war ihm alles so peinlich, dass er mir nahe legen würde, die Firma zu verlassen. Alles malte ich mir aus und war wirklich sehr nervös, als ich ihm seinen Morgenkaffee brachte.

„Morgen Chef!" Kam es wirklich schüchtern aus mir heraus.

„Guten Morgen! Konnten Sie die Schuhe noch retten?"

Gut, es war ihm nicht peinlich und vor allem stand er zu der Sache.

„Ne leider nicht mehr, die Flecken gehen nicht mehr raus."

„Sorry, aber das war gestern schon recht geil!"

„Macht ja nichts. So war es ja auch ausgemacht!"

„Musste die ganze Nacht noch darüber nachdenken, wie du mir deinen Fuß in den Mund gesteckt hast.

„Ja das war schon cool. War aber leider nicht lang, kamst ja recht zügig."

„Würde das gerne wiederholen!" Sprach er bestimmt, als er mir auf die Schuhe glotzte.

„Wieder das gleiche, oder etwas anderes?"

„Ne, etwas anderes!"

Was er mir jetzt erzählte, haute mich komplett um.

„Bei aller Liebe, aber das geht nicht! Du, Sie sind immer noch mein Chef!"

„Doch, das geht!"

Er wollte von mir total erniedrigt werden, mit allem was dazugehört. So sollte ich ihn anspucken, beschimpfen und was noch viel krasser war, mit meinen Füßen in die Hoden treten.

„Das tut doch weh!" Meinte ich, als alles nochmal durchdacht wurde.

„Das soll es doch auch!"

„Aber warum?"

Seine Erklärung war schon einigermaßen einleuchtend. Er war Chef von siebenundzwanzig Mitarbeitern. Jeder von denen würde zu ihm auf-sehen, der Druck war jeden Tag enorm.

„Ich möchte auch mal der kleine Wurm sein, der rumkommandiert wird." Wiederholte er seine Bitte.

„Ich weiß nicht so Recht!" War meine Antwort, die noch nicht mal geblufft war, um etwas herauszuschlagen.

Er übergab mir einen Umschlag, der meine Entscheidung positiv stimmen sollte. Ich erkundete den Inhalt, spuckte in seinen Kaffee und forderte ihn auf, alles auszutrinken. Er tat es, und das auch noch mit viel Hingabe.

„Ok. Heute um fünf bin ich wieder hier, dann setzt es was." Er konnte es kaum mehr erwarten, hatte aber noch eine besondere Bitte. Meine Füße wollte er lecken, das war nicht so wirklich etwas

Neues. Nur sollten sie diesmal stinken, und zwar so richtig.

„Das auch noch. Wie schaffe ich es, meine Füße zum Stinken zu bringen?" Fragte ich mich selber und fing das Überlegen an. Zuhause könnte ich barfuß in Gummistiefel steigen, aber hier hatte ich nichts um dieses Ziel zu erreichen. Eine Idee kam mir, dafür musste ich aber warten, bis alle aus meinem Zimmer verschwunden waren. Der Arbeitstag war ziemlich langweilig und so konnte ich mir in Ruhe überlegen, mit welchen Schimpfwörtern ich ihn anschreien könnte.

Kurz vor Feierabend. Meine Kollegin machte sich bereits zum Heimgehen fertig, und auch die Anderen verschwanden recht zügig in das Wochenende. Es war Zeit, um den wohlriechenden Duft meiner Füße zu bekämpfen. Zwei Plastiktüten, die ich vorher noch in der Küche besorgte, wurden um meine Füße gewickelt und auf die Heizung gestellt. Innerhalb kürzester Zeit schwitzten diese wie Sau und ich konnte einen gewissen Duft vernehmen.

„Frau Müller, das muss heute noch raus, ist....!"
Mit diesen Worten betrat mein Chef das Zimmer
und konnte seinen Satz nicht mehr zu Ende
sprechen. Er sah mich so halbliegend auf der
Heizung.

„Was machen Sie denn da?" Fragte er doch
ziemlich erstaunt.

„Komm her, nimm mir die Tüten ab und lecke mir
die Füße, du kleine Sau!"

Der Brief, der vor einer Minute noch so wichtig
war, landete auf dem Schreibtisch. Ohne ein Wort
zu sagen, ging er zu mir, kniete sich auf den Boden
und befreite meine Füße aus der künstlichen
Sauna. Tropfnass waren sie.

„Mach dein Maul auf und streck die Zunge raus!"
Befahl ich ihm, so wie er es auch von mir wollte.
Mein großer Zeh wanderte zu seinem Mund.

„Mach ihn sauber!"

Mein Chef, der vor mir lag, lutschte an meinem
Zeh und nahm jede einzelne Schweißperle lustvoll
auf. Der andere Fuß streichelte über sein Gesicht,

das innerhalb kürzester Zeit von meinem Fuß-
schweiß nass war.

„Gefällt dir das? Fragte ich ihn, während ich ein
wenig gegen seinen Brustkorb trat.

„Ja sehr!"

„Und das?"

Ich drückte mit ziemlicher Kraft gegen seinen
Schwanz.

„Ist auch sehr gut!"

„Und das? Du widerliche Kreatur?"

Ich holte aus und trat zu. Voll auf die Zwölf, genau
ins Schwarze! Ein lauter Aufschrei ging durch das
Büro und ich dachte, dass ich mir bald einen neuen
Job suchen könnte. Gekrümmt, mit beiden Händen
an seinem Geschlechtsteil, wollte er mehr von
diesen Tritten.

„Hast immer noch nicht genug? Kleiner
Drecksack!" Schrie ich ihn an und holte ein
weiteres Mal aus. Wieder winselte er wie ein
kleines Kind.

„War das jetzt zu viel?" Dachte ich mir und schaute ihn genauer an. Hier ging es schließlich um meinen Job, es war mein Chef, den ich gerade in die Eier trat.

„Soll ich aufhören, oder nochmal reinschlagen?" Fragte ich ganz laut.

„Ich glaube das langt!" Stöhnte er mir leise entgegen und hielt sich noch gebückt seine Hoden.

„OK, aber meine Füße stinken immer noch!" Leck sie sauber und das sofort!"

Er tat es mit völliger Hingabe, nicht aber ohne sein Glied zu streicheln.

„Darf ich mal fragen was du da machst. Lecken habe ich gesagt, nicht wichsen!" Schrie ich ihn an. Ruckartig nahm er seine Hand weg und streichelte damit meine Füße. Das Spielchen zog sich eine Weile und ich überlegte mir, wie es denn weiter gehen sollte. Der Inhalt des Umschlages war schon in einer Größenordnung, der mehr Aufmerksamkeit verlangte.

„Jetzt sind sie schön sauber! Du kleiner Wicht hast dir jetzt eine Belohnung verdient!" Sprach ich und forderte ihn auf, sich vom Boden zu erheben.

„Gesicht ganz nah zu meinem!" Er dachte, er würde einen Kuss bekommen und formte seine Lippen schon ein wenig.

„Weit gefehlt, Arschloch!" Schrie ich ihn an und spuckte mit voller Wucht auf seine Backe. Einen weiteren Tritt zwischen seine Beine, wehrte er gekonnt ab.

„Kannst Du überhaupt noch abspritzen, oder ist da unten jetzt alles Rührei?" Fragte ich ihn, als er wieder dabei war, es sich selber zu machen.

„Ich denke schon, dass ich kann!"

„Dann mach es dir, aber versau nicht wieder meine Schuhe!"

Er zog sich meine Füße zu sich heran, wedelte sich einen von der Palme, und kam in Rekordzeit. Sein Sperma schoss genau auf den wichtigen Brief, den er vor einer halben Stunde noch meiner Kollegin geben wollte.

„Das erklären Sie ihr aber!" Sprach ich, als ich ihn mir genauer ansah.

„Kein Problem. Ich bin hier der Chef. Alle machen das, was ich auch sage."

Genau, jetzt war er wieder dieser. Vor einer Minute winselte er noch nach Schlägen. Besonders gut tat dieses Ereignis unserer Beziehung nicht. Mit etwas Abstand wurde ich behandelt, was wiederum auch nicht schlecht war. Eine solche Situation wollte ich sowieso nicht mehr haben. Zumindest nicht mit einem Chef von mir.

Kapitel 4: Der Typ vom See, Teil II

Eigentlich wollte ich nicht zu einer Art „Nutte" werden, aber der Gedanke damit Geld zu verdienen, war echt nicht schlecht. Erstens machte es sehr viel Spaß und Zweitens konnte ich mir endlich Sachen kaufen, die vorher nicht drinnen waren. Etliche Fußfetischisten gab es, die im Internet nach Gleichgesinnten suchten. Vor allem boten diese immer ein kleines Taschengeld. Nach einigem studieren der Anzeigen fiel mir eine besonders auf.

„Suche eine junge Frau, die für mich barfuß läuft!" Stand in einer dieser Annoncen.

„Gut, das war nicht schlecht. Aber wo bliebe da die sexuelle Befriedigung?" Dachte ich mir und fragte deshalb genauer nach.

Er würde diese gar nicht suchen, sondern nur den Anblick von schönen, jungen Frauenfüßen genießen, meinte er in der Antwortmail. Zwei Stunden sollte ich vor ihm laufen, barfuß versteht sich, und er würde sich daran erfreuen. Etwas langweilig fand ich diesen Gedanken, und sagte deshalb ab. Umgehend kam eine Erhöhung seines Angebotes, und auch das Versprechen, meine Füße zu verwöhnen.

„Gut, für dieses Geld konnte ich schon mal über meinen Schatten springen und etwas machen, was jetzt nicht so spannend ist." Dachte ich mir und verabredete mich mit ihm für den nächsten Tag.

Ein kleiner Park war unser ausgemachter Treffpunkt. Er lag schon auf einer Decke und wartete auf mich. Enges T-Shirt, Minirock und mit Turnschuhen bekleidet, saß ich mich zu ihm. Ein etwas älterer, dickerer Mann war er, und zudem ziemlich ungepflegt. Seine Hände standen vor Dreck, unter den Nägeln waren schwarze Flecken. Genau diese sollten gleich meine Füße streicheln? Nein danke! Auch das mit dem Barfußlaufen gestaltete sich etwas schwieriger. Überall lagen Glasscherben, oder Hundekot herum. Weder auf das eine, noch auf das andere hatte ich Lust, was ich ihm auch sofort mitteilte. Ziemlich blöd war seine Aussage. Ich könnte doch einen Bogen um die Sachen machen, war nur eine seiner Begründungen.

„Weist was? Hab mich gern. Ich geh jetzt nach Hause!" War meine nette Verabschiedung.

„Das war wohl nichts", dachte ich mir als ich gerade nachschaute, ob sich dieser Idiot nochmal bei mir gemeldet hatte. Gott sei Dank war die Mail nicht von ihm, sondern von meiner damaligen Seebekanntschaft.

„Hallo Prinzessin!

Lange nichts mehr von Dir gehört. Vermisse Dich ein wenig, vor allem Deine geilen kleinen Füße. Hätte Lust Dich mal wieder zu treffen. Du auch? Wenn ja, einfach auf den „Antwortbutton" drücken. Lieben Gruß."

„Ach ne. Meldet der sich auch mal wieder", dachte ich mir, und war ein wenig sauer. Monatelang wollte ich mich mit ihm treffen, und er sagte andauernd ab. Er hätte jetzt eine Freundin, und wollte nicht fremdgehen, schrieb er immer als Entschuldigung. Genau aus diesem Grund wollte ich auch nicht sofort zurückschreiben, sondern ihn ein wenig zappeln lassen. Er kannte wohl meine

Taktik und schrieb deshalb nach einigen Tagen nochmal:

„Ich weiß, Du bist sauer. Würde es aber bestimmt wieder gutmachen!"

„Und wie?" War meine kurze, und unfreundliche Antwort.

„Ich würde zuerst Deine Füße küssen, dann massieren und kurze Zeit später mit meinem Sperma verwöhnen."

Bis vor kurzem wäre ich bei diesem Gedanken noch vor lauter Geilheit aus dem Fenster gesprungen. Jetzt langweilte mich diese Vorstellung ein bisschen.

„Und weiter? Ist das alles?" Haute ich in die Tasten.

„Was willst Du denn?" Kam die Antwort. Er war wohl sehr enttäuscht, dass er mir mit seinen Worten keine nasse Hose mehr bereiten konnte.

„Schätzchen, die Zeiten haben sich geändert. Wenn Du Dich wirklich mit mir treffen möchtest, langt es nicht mehr so einen langweiligen Müll zu schreiben. Sag was Du willst, und schreib vor allem dazu, was Du bereit bist zu zahlen!"

Minutenlang starrte ich noch auf das, von mir Geschriebene. „Sag mal spinnst Du! Ich biete mich hier gerade als Nutte an." Beschimpfte ich mich selber vor dem Spiegel.

„OK. Habe mir zwar etwas anderes vorgestellt, aber anscheinend möchtest Du es nicht anders. Blasen, ficken, lecken! Was willst Du dafür?"

„Rindviech! Das hast Du jetzt davon. Was sollte ich denn dafür verlangen. Keine Ahnung!" Überlegte ich und forderte einen horrenden Preis. Ich wollte dieses ja eigentlich gar nicht. War nur so sauer auf ihn.

„Ok. Da ich aber jetzt so geil bin, und nicht erst in paar Tagen, treffen wir uns gleich. Am See in einer Stunde." War seine letzte Mail an mich.

„Ja ganz geil! Da macht man ein bisschen Spaß und hat gleich seinen ersten Kunden an der Backe!" Fluchte ich und überlegte zugleich meine Klamottenauswahl.

Er wollte mit mir schlafen, deshalb wäre ein Rock wohl die beste Lösung. Kurz nach oben geschoben und er konnte mich von hinten nehmen. Gesagt, getan! Auch der andere Gedanke, keine Unterwäsche anzuziehen, wurde in die Tat umgesetzt. Im Supermarkt wurden noch Kondome besorgt und sich umgehend auf den Weg gemacht. Da stand er auch schon. Das erste Mal als wir uns dort trafen, war ich geil und konnte es kaum mehr erwarten. Jetzt war ich sehr nervös und wollte das Ganze eigentlich rückgängig machen, ging aber nicht.

„Wo bleibst du denn? Spritz schon fast ab!" Waren seine ersten Worte als er mich sah. Ich konnte ihm noch nicht mal böse sein für seine Wortwahl. Schließlich war ich es, die dieses Treffen zu einem Geschäftstermin machte.

„Bin ja schon da! Musste noch Gummis besorgen!" Entschuldigte ich mich für meine Verspätung.

Mit einem flüchtigen Kuss auf den Mund und einem beherzten Griff an meinen Busen, begrüßte er mich.

„Hätte ich ja nie gedacht, dass du jemals einen auf Nutte machst!" Sprach er zu mir auf dem Weg ins Gebüsch.

„Warum? Mit coolen Typen ficken und dafür ein bisschen Geld verlangen, ist doch nicht verboten, oder?" Ich ritt mich immer mehr in die Scheiße.

„Hier das Geld!" Sprach er, überreichte mir einen Umschlag, zog sich die Hose zu den Knien und forderte mich auf, seinen Schwanz in den Mund zu nehmen.

„Was ist los? Du hast dich dafür entschieden, auf dieser Schiene zu fahren, nicht ich!" Beantwortete er meinen fragenden Blick. Gut, da hatte er Recht, aber eigentlich war das alles gar nicht so gemeint. Das wusste er aber nicht. Ich nahm sein Geld und machte das, was er von mir verlangte. Nur kurze Zeit dauerte es, da spürte ich die ganze Größe seines Gliedes in meinem Mund. Nur einen Mann blies ich zuvor, darum war mein Erfahrungsschatz auf diesem Gebiet auch sehr überschaubar.

„Mach ich das gut, gefällt es dir?" Fragte ich bei einer kleinen Blaspause.

„Bisschen langweilig ist es schon!"

„War das die Rache für meine Mail?" Schoss es mir durch den Kopf. War es nicht, denn nur Sekunden nachdem er dies sagte, packte er meinen Kopf und schob ihn mit voller Wucht gegen sein Glied. Bis zum Zäpfchen schlug dieser. Ein starkes Würgen kam von meiner Seite.

„Das ist geil!" Schrie er auf und machte dasselbe nochmal. Tief und immer tiefer verschwand sein Schwanz in meinem Hals. Der Würgreiz war kaum mehr auszuhalten und so versuchte ich mich aus dieser Situation zu befreien.

„Das macht mich geil! Komm, fick mich!" Sprach ich und versuchte mich aufzurichten, was mir aber nicht ganz gelang. Er nahm seinen Schwanz und drosch ihn gegen meine Backe. Da es ein ziemlich langes Gerät war, taten die Schläge doch ein wenig weh.

„Streck die Zunge raus, du kleines Luder!"

Das gleiche Spiel wurde jetzt mit meiner Zunge gemacht. Er schlug darauf und forderte mich auf, zusätzlich seine Eier zu streicheln. Was war aus dem netten Mann geworden, den ich beim Letzten Mal hier traf? Anscheinend hatte er jetzt genug davon. So packte er mich an den Armen und half mir auf die Beine.

„Komm, mach schon die Beine breit!" Forderte er mich auf, und begann sofort das Lecken. Auch das war nicht besonders schön. Irgendwie hatte ich das Gefühl, er macht das nur um mir eins auszuwischen. Ohne Gefühl glitt seine Zunge über meinen Kitzler, seine Finger bohrten sich ohne Rücksicht in mein Innenleben. Während er mich fingerte, wollte er mich küssen.

„Nein! Das war im Preis nicht ausgemacht!" Sagte ich und schob sein Gesicht zur Seite.

„Scheiß Nutte!" Konnte ich noch leise hören, bevor er mich ein wenig nach unten drückte und mich von hinten nahm. Seine ganze Wut legte er in seine Stöße und kam dadurch sehr früh, was ihn noch zorniger machte. Soviel Geld für so wenig Zeit, das machte ihn aggressiv.

Er nahm das Kondom von seinem Schwanz, pfefferte es auf den Boden und zog sich wieder an.

„Das erste Mal gefiel mir besser!" Sprach er noch, bevor er aus dem Gebüsch verschwand. Mir ging es genauso. Irgendwie hatte ich ein schlechtes Gefühl bei dieser Sache, aber es machte mich auch neugierig. Geld für Sex, das war ein Thema mit dem ich mich beschäftigen musste.

Kapitel 5: Füße für Geld

Genau das machte ich auch. Mittlerweile war aus mir eine gefühlskalte Frau geworden, die nur an ihre Interessen dachte. Mir war es völlig egal, was andere von mir hielten, nur mein Vorteil zählte. Auch bei einem Typen, der sich völlig in mich verschossen hatte. Er war zwanzig Jahre älter wie ich, verheiratet und Vater zweier Kinder. Da er Alleinverdiener war, konnte er nicht so wie er eigentlich wollte. Mir war das egal! Seine Gefühle interessierten mich einen Dreck. Wollte er mich treffen, musste er auch zahlen. Irgendwo bekam er immer noch Geld her, sei es ein Kredit bei der Bank oder ein kleines Darlehen bei seinen Freunden. Meine Erwartungen waren sehr hoch. Ein Kurztrip nach Paris oder eine Shoppingtour nach New York mussten schon drinnen sein. Dafür bekam er auch das, was er wollte. Ihm ging es nicht ausschließlich um Sex sondern mehr um Gefühle, die ich gnadenlos ausnutzte. An einem kühlen Herbsttag gelüstete es mich nach einem Wellness-Wochenende, was ich ihm auch sofort per SMS mitteilte:

„Hi Schatz. Habe Lust, mich ein wenig verwöhnen zu lassen. Kommst mit nach Österreich oder soll ich Klausi fragen?" Klausi war sein persönliches Waterloo. Er war reich, sah gut aus und stand genauso auf mich. Nur war er nicht so spendabel, das wusste er aber nicht.

Natürlich hatte mein Bluff Erfolg. Er konnte, und wollte, Klausi nicht den Vorrang lassen. Ein letztes Aufstocken seiner Kreditlinie sorgte für ein schönes Wochenende.

Schon an der Rezeption vielen mir die coolen Geschäfte auf, die dieses Hotel zu bieten hatte. Eines gefiel mir besonders und mich zog es auch sofort da rein. Ein Kleid war der Wahnsinn, nicht nur das, sondern der Preis auch. 520 Euro stand auf dem Preisschild.

„Schaattzzz?!" Fragte ich mit einem Dackelblick. Er wusste natürlich auf was ich hinauswollte, und winkte sofort ab.

„Habe meine neue Unterwäsche an, die du so geil findest. Magst mir die gleich ausziehen und dann ein wenig meine Muschi lecken?"

„Ist die frisch rasiert?"

„Ja klar, kein Härchen ist mehr zu sehen!" Ich wusste er stand darauf, und konnte mir dann keinen Wunsch abschlagen. Vor allem weil ich ihm mitteilte, dass Klausi mich nach dem Wochenende treffen wollte. Um noch die dazugehörigen Schuhe rauszuschlagen, nahm ich seine Hand und führte sie zu meiner Muschi.

„Schau, nichts mehr dran. Und wie nass ich bin!"

Wieder nahm ich seine Hand, führte den Zeigefinger an meinen Kitzler und rieb ihn ein wenig daran. Er wollte gerade in mich gehen, da zog ich ihn weg.

„Bekomm ich das Kleid und die Schuhe?" Die Beule in seiner Hose beantwortete mir die Frage.

Dafür müsste ich ihm aber wieder eine meiner geilen Shows zeigen, meinte er als wir das Zimmer betraten.

„Magst wieder Füße lecken?" Fragte ich mit einem Augenzwinkern.

„Ja schon. Und auf die neuen Schuhe spritzen!"

Die waren gerade mal fünf Minuten alt, und so wollte ich das nicht unbedingt machen.

„Und was ist mit meiner, frisch rasierten Muschi?" Fragte ich, um ihn von diesem Gedanken wieder abzubringen.

„Das ist natürlich noch viel geiler!"

„Das finde ich doch auch!" Sprach ich und war bereits im Inbegriff, mich für das tolle Geschenk zu bedanken. Ich nahm seinen Kopf, drückte ihn zu Boden und spreizte meine Beine.

„Hier, nur für Dich!"

Gekonnt, mit sehr viel Gefühl, leckte er mich und wurde auch nicht müde, als sein Schwanz zwischenzeitlich mit meinen Füßen gestreichelt wurde.

„Magst dran spielen?" Fragte ich, und schob ihm bereits einen in den Mund. Auch hier war seine Lecktechnik atemberaubend. Schnell gefiel es mir und ich wurde mega geil. Eigentlich konnte ich mit ihm machen was ich wollte, so verliebt war er in mich. Genau das nutze ich auch gnadenlos aus.

Einmal beendete ich während eines Blasvorganges den Akt und zog mich wieder an. Nur mit der Begründung, dass ich jetzt keine Zeit mehr hätte, und er es sich doch jetzt gefälligst selber machen sollte. Auch in diesem Moment langweilte mich die ganze Situation gewaltig. Ich war zwar geil, aber ein Mann der alles für mich machte, reizte mich nicht wirklich. So begann ich wieder mit meinen Spielchen.

„Was ist los?" Fragte er, als ich meinen Fuß aus seinem Mund zog.

„Habe keine Lust mehr! Geh jetzt ein bisschen schlafen!"

„Schatz bitte, ich bin so geil!"

„Kann ich auch nichts dafür. Mach es dir selber!"

Manchmal bekam ich wirklich selber vor mir Angst. Soviel Gefühlskälte kannte ich gar nicht von mir selber.

„Schatz, bitte!" Wiederholte er sich.

Völlig gelangweilt streckte ich ihm meinen Fuß entgegen, und forderte ihn auf, darauf zu wichsen.

„Kannst ihn auch anlangen. Aber mehr ist im Moment nicht drinnen!"

Während ich ihm beim Onanieren beobachtete, tat er mir schon leid, aber ein richtiger Mann musste einfach mehr darstellen als er. Seine Blicke schielten immer auf die neuen Schuhe, und so kam er auch relativ bald auf meinen Füßen.

„Wenn du magst, kannst es gerne noch ablecken!" Sprach ich zu ihm. Er war gerade noch beim Abschütteln der letzten Tropfen.

„Ich soll meinen eigenen Saft weglutschen?"

„Ja, warum nicht? Ich schluck ihn schließlich auch manchmal. Außerdem, es wird dich zwar nicht sonderlich interessieren, aber Klausi macht das auch immer. Jetzt sah er mich mit ganz anderen Augen an. Ich konnte diesen Blick nicht deuten. War er eifersüchtig oder etwas anderes.

„Was? Klaus spritzt auch auf deine Füße und leckt danach sein Sperma weg?"

Weder das eine, noch das andere entsprach der Wahrheit, dies wollte ich aber nicht zugeben.

„Ja, das macht ihn ganz geil!" War deshalb meine gelogene Antwort.

„Die alte Sau!" Kam entsetzt zurück.

„Ich mache das bestimmt nicht!" War sein bestimmender Nachsatz.

„Musst ja auch nicht. Dachte nur. Klausi macht das immer ziemlich an!"

Das Wort Klaus gefiel ihm gar nicht. Das wusste ich natürlich. Schon der Gedanke, dass ein fremder Mann nur auf meine Füße schaute, machte ihn rasend eifersüchtig. Er sah auf sein Sperma, und fing das Überlegen an.

„Eingetrocknet schmeckt es nicht mehr so gut. Hat Klausi mal gesagt!" Sprach ich, als ich ihn dabei beobachtete.

„Ach komm, Scheiß drauf. Wenn der das macht, mach ich das schon lange!" Schrie er und leckte meine Füße, mit seinem Sperma darauf ab. Ich sah seinen angewiderten Blick, als er das erste Mal schluckte. Jetzt wusste er zumindest, was ich immer durchmachen musste.

„Schön sauber lecken! In den Zwischenräumen ist auch noch etwas!" Forderte ich ihn auf und hielt meinen Fuß nochmal an seine Zunge. Alles, aber auch wirklich alles hatte er aufgeleckt.

„So, jetzt will ich aber endlich schlafen!" Sagte ich, nachdem mein Fuß wieder sauber war.

Eigentlich war ein ganzes Wochenende mit ihm geplant. Da aber weder seine EC,- noch Kreditkarte weitere Kohle ausspuckte, und er so mir nichts mehr bieten konnte, verabschiedete ich mich still und leise schon am Samstagabend. Spätere Anrufe oder Mails, wurden gekonnt übersehen.

Kapitel 6: Doch kein schlechter Mensch

Auch nach dem dritten Hinschauen konnte ich es nicht glauben. Meine damalige Urlaubsbekanntschaft stand vor meiner Tür. Sie wollte mich einfach mal besuchen und sich nach dem Neuesten erkunden. Gleich schossen mir sämtliche Erlebnisse durch den Kopf, die ich damals mit ihr erlebt hatte.

„War das nicht cool damals, als wir uns gegenseitig am Strand verwöhnten?" Fragte ich sie, als wir gemütlich auf meiner Couch lagen.

„Klar war das geil! Mein Freund war so eifersüchtig auf dich, der Wahnsinn!"

„Hast du ihm was von uns erzählt?"

„Leicht angedeutet, aber nur leicht!"

„Und was hat er dazu gesagt?"

„Geil fand er es, sehr geil sogar!"

Verstehe einer die Männer. Auf der einen Seite war er eifersüchtig, auf der anderen fand er es geil! Viel hatten wir uns zu erzählen. So einiges war in der Zeit passiert. Sie berichtete mir, dass sie es nochmal mit einer Frau gemacht hatte, ich von meinen „Bezahlerlebnissen".

„Echt krass, das mit deinem Chef!" Meinte sie, als ich damit fertig war.

„Ja finde ich auch!" Und starrte dabei wieder auf ihre Füße. Sie waren immer noch ein Objekt meiner Begierde. Sie sah meinen Blick und musste lächeln.

„Deswegen bin ich hier!" Sprach sie und beantwortete damit meinen fragenden Blick. Ich wollte mich schon zu ihr beugen und das Lecken anfangen, da wurde ich sanft zur Seite geschoben.

„Nicht jetzt, später! Und hast du etwas dagegen wenn mein Freund dabei ist?" Ich dachte zuerst, dass ich mich verhört hatte, war aber nicht so. Nur kurze Zeit später wiederholte sie ihre Frage.

„Hast Du etwas dagegen?"

„Warum das denn?"

„Wie gesagt. Nach unserem Urlaub habe ich ihm es gesagt. Zuerst war er sauer und konnte es überhaupt nicht verstehen, dann wurde er aber immer neugieriger."

„Ja und? Was habe ich damit zu tun?"

„Sehr viel!"

„Und was genau?"

„Er fand dich am Flughafen äußerst sympathisch, wenn du verstehst was ich meine?"

„Ne, keine Ahnung!"

„Er würde gerne dabei zusehen, wie wir es machen!" Kam es äußerst trocken aus ihrem Mund.

„Du meinst, er will zusehen wie wir zusammen Sex haben?"

„Nein, das nicht, nur wie wir uns gegenseitig die Füße verwöhnen."

Sie war nur gekommen, um ihren Freund eine Freude zu machen, und nicht um mich zu sehen. Aus diesem Grund wurde meine Laune auch ziemlich schlecht, was sie auch sehr schnell mitbekam.

„Was ist los? Magst das nicht machen?" Fragte sie leicht nervös.

„Ich habe mich nach diesem Urlaub ziemlich in dich verschossen, und du hast die Frechheit mich so was zu fragen?"

„Ich mag dich auch sehr gerne, aber meinen Freund liebe ich halt über alles. Ich würde mich für ihn sogar von einer Brücke stürzen. Bitte sag ja, und mach ihm diese Freude." Bat sie mich inständig. Ich fing das Überlegen an und konnte trotz aller Nächstenliebe keinen Grund finden, dass ich dies machen sollte.

„Was ist dir das denn wert?" Fragte ich sie nach einer langen Bedenkzeit.

„Wie meinst du das?"

„Was würdest du mir zahlen, dass ich so etwas mache?"

Jetzt kam von ihr lange Zeit nichts mehr.

„Keine Ahnung, nichts. Habe kein Geld für so etwas!" Kam es nach einiger Zeit.

„Das ist schlecht! Dann wird das wohl nichts!"

„Bitte, sei nicht so. Ich habe es ihm schon versprochen. Kann ich dir nicht etwas anderes geben?"

Eigentlich hatte sie nichts, was mich ansatzweise interessierte, bis auf eines. Ihre Füße!

„Zieh mal deine Schuhe aus!" Forderte ich sie auf.

„Warum?"

„Ich hätte Lust auf eine schöne Massage. Rücken, Bauch etc., und das mit deinen Füßen."

„Du meinst, ich soll dich so bezahlen?"

„Bingo!"

Diese Situation war geil. Sie wollte mich ihrem Freund schenken, und musste gleichzeitig mir einen Gefallen machen.

„Ich wollte mich eigentlich nicht verkaufen, so wie du?" Sprach sie, und verstand erst nachdem sie das sagte, die Tragweite ihres Satzes. Jetzt hatte ich gar keine Skrupel mehr. „Wer so blöd daherredet muss dafür bezahlen!" Dachte ich mir und wiederholte meine Forderung.

„Eine schöne Massage, mit allem Drum und Dran, dann können wir deinem Freund ne Show bieten. Sonst nicht. Überleg es dir!"

Sie ging auf den Balkon um eine zu rauchen und kam erst nach zehn Minuten wieder.

„OK! Aber nur weil ich ihn so liebe. Danach sind wir geschiedene Leute!"

Was danach sein sollte, war mir völlig egal. Jetzt wollte ich meinen Spaß.

„Gut, dann gehe ich mal duschen. Magst mitkommen?" Fragte ich sie schon an der Tür.

„Muss ich?"

„Nein. Das war nicht ausgemacht und ich halte mich an Deals."

Unter der Dusche freute ich mich schon auf das kommende Ereignis. Ich war immer noch nicht lesbisch, aber diese Frau hatte eine gewisse Macht auf mich. Schon der Gedanke an sie, bescherte mir ein angenehmes Gefühl zwischen meinen Beinen. Nur mit einem Handtuch bekleidet, stand ich vor ihr und lag mich auf meine Couch. Etwas zögerlich kam sie zu mir und versuchte mich noch umzustimmen, was ihr aber nicht gelang. Wenn jemand mit meinen Gefühlen spielt, dann mache ich das umgekehrt genauso, beschloss ich und forderte sie abermals auf, sich ihrer Schuhe zu entledigen. Wie ein Kind, das gerade seine Hausaufgaben machen musste, kam sie der Aufforderung nach und stand kurze Zeit später vor mir.

„Streichle ein wenig meinen Oberschenkel!" Sprach ich mit geschlossenen Augen. Sie tat es, aber mit so einer Lust, die nichts Gutes versprach. Völlig apathisch strich sie rauf und runter, ohne Gefühl, ohne Hingabe.

„Darf ich mal fragen, was los ist?" Schrie ich sie fast an.

„Ich kann das nicht!" Heulte sie los und rannte aus dem Zimmer.

„Was ist denn los?" Fragte ich sie, als sie wieder in das Zimmer kam.

„Nichts!"

„Wenn nichts ist, können wir ja auch weiter machen!" Wieder hörte ich ein ohrenbetäubendes Weinen.

„Süße, was ist denn los?" Auf einmal war wieder Liebe in meiner Stimme. Genauso, wie damals im Urlaub. Völlig fertig fiel sie in meine Arme und weinte hemmungslos. Auch nach mehreren Minuten war sie nicht zu beruhigen. Erst als ich ihr einen Schnaps eingoss, und diesen ihr fast einflößte, beruhigte sie sich wieder.

„Nochmal Süße! Was ist los?"

Was sie dann erzählte, toppte alles, was ich bereits in meinem Leben gehört hatte. Völlig fassungslos hörte ich ihr zu, und konnte das alles gar nicht glauben.

„Das was du gerade von mir verlangt hast, muss ich schon lange machen." Kam es mit einer großen

Heulattacke aus ihr heraus. Eigentlich verstand ich gar nichts, und fragte deshalb genauer nach.

„Was meinst du genau?"

„Ich muss Freunde von ihm gelegentlich massieren!"

Da sie immer noch eine sehr weinerliche Stimme hatte, konnte ich mir die Art der Massage schon sehr gut vorstellen.

„Du meinst jetzt aber nicht, dass das eine Massage mit „Happy-End" ist, oder?"

Von Weinkrämpfen geschüttelt, fiel sie in meinen Schoß, und ich konnte nur, durch streicheln ihrer Haare sie ein wenig beruhigen.

„Mein Freund ist schwer spielsüchtig. Immer wenn er verloren hat und nicht mehr weiß, wie er seine Verluste bezahlen soll, bietet er mich an." Berichtete sie mir, nachdem sie sich wieder ein wenig beruhigt hatte.

„Wie anbieten? Aber nicht so richtig, oder?" Fragte ich völlig geschockt nach.

„Du meinst Sex? Ne, das noch nicht! Kommt aber bestimmt noch."

„So ein Arsch, gibt's doch gar nicht!" Fluchte ich laut vor mich hin.

„Wie kann ich dir denn helfen?" Fragte ich, nachdem ich vor lauter Wut gegen eine Vase getreten hatte.

„Magst du mir denn helfen? Ich meine, nachdem du das jetzt alles weißt!"

„Süße, ich habe mich für Geld verkauft. Dann ist das, was du gemacht hast ein Kindergeburtstag dagegen!"

Wir beschlossen, dass sie ab sofort bei mir wohnen müsste. Nur so könnte sie von ihm wegkommen. Die ersten Wochen waren der Horror. Jeden zweiten Tag wollte sie in seine Arme laufen. Gott sei Dank konnte ich sie immer davon abhalten. Auch ich begann über mein Leben nachzudenken. Das eiskalte Monster wollte ich auf gar keine Fälle mehr sein, und so beschloss ich von vorne anzufangen. Was ich auch tat. Nie wieder verkaufte ich mich an Männer. Eines muss ich aber nach wie vor zugeben. Ich finde es immer noch sehr geil, wenn mich ein Mann an den Füßen leckt.

~ 76 ~